그 길을 가고 싶다

그 길을 가고 싶다

허가은 시집

당진문화재단

시인의 말

안개가 자욱한 길을 걸어갈 때
안개가 자욱한 길을 달려갈 때

길이 잘 보이지 않을 때 가다 보면 조금씩 길이 보이고 저만큼 보이는 길을 가보면 다시 저만큼 길이 보이고 보이지 않던 길도 보이지요. 지나온 길도 앞으로 가야 할 길도 길은 아름다운 길이지요. 오르막 내리막 안개 속에 무치고 넘어지고 일어나, 저만 큼에 목표를 두고 가보면 다시 새로운 목표는 저만큼의 길 위에서 나를 부르는 듯, 그 길을 걸어가고 있지요. 그 길은 흐르는 강물 같은 길 인 것 같기도 하지요.

채우고 채우려도 채워지지 않는 것이 내 속에서 살고 있지요.
무성한 숲에서 찾아 헤매던 그 길을 이제 찾았습니다.

그 길을 가고 싶습니다.

2023년 10월
허가은

목 차

제2부 바람의 노래

제3부 개구리 소리를 듣는다는 것

제1부

그 길을 가고 싶다

하지

하지의 그림자가
감자밭에 내려앉았다

오고 가는 이들에게 손짓하듯
하얀 감자 꽃이 물결치더니
어느덧 축축한 흙 속을 비집고
황금알들이 주렁주렁
화물차에 실려 어디론가
떠나갈 준비를 하고

곧 여름 장마가 시작된다는
기상청 일기예보를 듣는다

옥수수

잘 삶은 옥수수 몇 줄 한입 물었다

오래전 옥수수수염 붉게 물들 때
삶은 옥수수알갱이를 한 줄로 따서
하모니카 부는 어른 흉내를 내다가
별을 헤아리던 아이가 있었지
그 아이는 먼 도시로 떠나 온 지
꽤 오래되었지

몇 년 전 천왕봉 대청봉 태백산
야간 산행 중
옥수수알갱이 같은 별들이
머리 위로 쏟아져 닿을 듯했었지

초록 위에 그려져 있는 하늘 아래
수염이 붉게 물든 옥수수가 담긴
택배 상자 반가운 손님 대접받는다

손톱

할 말은 많지만
묵묵히 하루를 연주하며
핏물이 흐르던 자리

쉽게 멈춰지지 않아도
나를 깨우는 슬픔이 머물다 가면
하얀 꽃잎으로 돌아가기 위해
자라나는 새순

박박 할퀴며 푸념했던
피멍 든 흔적
그 밑을 바늘로 따서
검은 피를 짜내고서야
새롭게 피어나는 반달

철새의 날개

녹색이 창창했던 나뭇잎에
가을이 쉬고 있다
풀벌레 울음소리 가득 담은
손금에 파란 하늘이 물든다
가을바람이 쉬고 있는 가지에
하얀 구름이 걸터앉아
코스모스에 안부를 물으며
선홍빛 노을 기다린다

따스한 햇살의 사랑 받아
탐스럽게 익어가는 홍시
파란 하늘 머리에 이고
잎새들과 속삭이며
그리운 이들에게 나누고 싶은 가을
쭉쭉 뻗은 가지에 걸어놓는다
어디론가 떠나가야 하는
철새들의 날개에
파란 물감을 묻혀 준다

숲

물빛 하늘 아래로
도토리나무의 우듬지를 뚫고
여린 꽃대에 스며드는 햇살의 감촉

복숭아 꽃은 지었고
배꽃의 물결로 봄은 여전하다
사람들은 온갖 새가 지저귀고
향기로운 꽃이 만발한 봄을 즐기지만

그의 마음을 메워버린 거대한 공허함
그에게서 봄은 진작 끝났다

깊어지는 초록을 향해
생금가루 햇살이 쏟아져 내리는
봄날의 하늘은 수수께끼로 가득하다

신호등

빨간 등은 석고 같은 동공들을 물고 있다
파란 눈앞에 송사리 떼처럼 술렁이는 무리
앞서거니 뒤서거니 어디로 가고 있을까?

노란 불빛 아래 엉거주춤 서 있는
고층아파트의 까치집 주인들
오래전부터 자리 잡고 있었나 보다

그 길을 가고 싶다

방안으로 아침 햇살 가루가 쏟아져 온다
멍석처럼 둘둘 말아 이리 굴리고 저리 굴리던
이불자락은 햇살에 닿게 나를 밀어 넣는다
귓속으로 흘러들어오는 창밖에 소리
머릿속에 스며들 때 발가락은 연신 움직이고
움켜쥔 손바닥 펼치면 햇살 한 줌 날아와
빛 닿지 않는 터널 속 시리던 기억을 말리는
꽃들이 만개한 그 길로 달려가고 싶다

안개 속에 묻혀있다 꽃잎 같이 피어나는
그 길을 가고 싶다

우물 안의 개구리처럼

집으로 가는 길 개구리 소리는
앞에서 가고 뒤에서 따라온다

장마 빗소리가 걸음을 재촉하며
바람과 함께 나를 따라와 집에 들어서면
개구리 소리는 내 귓속으로 파고들어
온몸으로 스며든다

추적추적 내리는 빗소리는
개구리 소리와 섞여 밤새도록 이어지고
우물 안의 개구리처럼 다리를 모으고 있으면
마음속에 적셔 오는
개구리 소리나 빗소리는
내 마음을 잘 아는 것처럼
때로는 노랫소리처럼
때로는 울음소리로
지난 날 기억들을 떠오르게 한다

춘천호

물안개 피어나는 강 언저리
붕어섬이 보이는 그곳
한동안 서 있었지

아이들 등교시킨 후
그곳에서
꽃들과 소곤소곤하다가
집으로 돌아갔지

다시 아침이면
그곳이 좋았지
하얀 망초 꽃은
나를 반겨주었지!

물안개 피는 강 언저리
붕어섬이 보이는 그곳
그리움이 있다

작은 호수

연잎을 두드리며 떨어지는
빗방울 소리가
잠든 호수를 깨운다

안개 속에 피어나
아름다움이 드러날 때

돌 하나 집어 던지니
작은 호수가 주름지며 운다

청둥오리 떼가 이사 올
작은 호수가 소리 없이 운다
내 마음이 운다

그림자

굴참나무가 손짓하는 숲의 향기로 묻히고 싶어
혼자 꿈틀거리는 우듬지의 끝에서 한줄기 끈끈한
수액을 쏟아낸다 고리고리 감겨드는 벌레들
가파른 이름을 벗는다

기지개

발갛게 물들어가는 하늘
새벽 조각달이 저만치 가고 있다
온 대지를 덮어버린 뽀얀 안개 속에
간간이 지나가는 자동차들
밤사이 내리던 눈발에 갇혀 버린
어스름한 새벽하늘
선홍빛 물결이 펼쳐질 때
발톱을 감추고
힘차게 안개 속을 가르며
날아오르는 흑두루미
에메랄드빛 꿈속으로 통과하며
바람에 몸을 맡긴 채
우주로 가기 위해 기지개를 켠다

춘천 가는 길

높고 낮은 산봉우리들이 풀빛으로 물들고
유리 너머 펼쳐진 강 언저리 군데군데
민들레와 애기 똥 풀꽃이 노랗게 피고
강 거울에 비친 산 그림자는 물결 따라
흔들리는 물고기의 지느러미를 물었다

연붉게 꽃물 들었던 산허리
금빛 햇살 아래 꽃잎은 떨어지고
뾰족한 점 하나 연두의 주먹은
손바닥을 펼치고 무성한 손금 뿐

그 강물 위로 한낮에 내려쬐는 햇살
물고기 비늘 같은 은색으로 빛났고
황혼 녘에는 핏 빛 같은 하늘이
산봉우리에 걸쳐 쉬고 있다

원피스의 사랑

비에 젖어 긴장된 하루를 돌아
집에 왔다.

택배 상자가 문 앞에 기다리고 있었다
원피스 두 개 도착 하나는 수선집으로
또 하나는 그대로 입기로 했다
잠자리 날개 같은 원피스

딸아이의 사랑이 묻어 있다

큰 새

밤새도록 숲에서 무슨 일이 있었을까
저 새는 이른 아침부터 왜 울고 있을까
마을이 깨어나기도 전에 슬프게 울고 있는
굵은 목청
햇살이 스며들 때 재잘거리던 새들도
저 큰 울음소리를 듣고 있나 보다

내 몸 덩어리를 동그랗게 말았다 폈다가
벌떡 일으키는 울음소리는 왠지 구슬프게 들린다
구우구우구구구 구우구우구구구 구우구우

긴 장마가 시작된다는 것을 알려주려고 울었나
추적추적 내리던 빗줄기는 점점 굵어지면서
며칠째 밤낮으로 장맛비가 쏟아졌다.

그 후로 큰 새소리는 들리지 않았다

제2부

바람의 노래

뜸 드는 소리

뚝뚝 떨어져 윈도에 부딪히는 빗방울 소리와
질펀한 고속도로를 달리고 있다

스피커에서 흘러나오는 음악에 섞여
귓속에 들어와 작은 세포 줄기를 타고
머릿속으로 스며드는 도로 위에 화음들

뚝뚝 떨어지던 소리 자작자작 들리더니
뚜 둑 뚜 둑 투두둑 주룩주룩

우주를 담았던 물거울 같은 논에는
여린 벼 모종들이 뿌리를 내리고
빗소리는 개구리울음에 젖어 든다

자작자작 가마솥 밥 뜸 드는 소리
아궁이에서 톡톡 장작 불꽃 피워내고
잔가지들 자자 작 타오르던 소리

차창 밖 고속도로 수채화 풍경 속에
까맣게 잊고 살았던 기억이
뜸을 들이고 있다

비가

내 귓속을
때리듯이
비가 내린다

억수로
가을밤에 내리는 비는
눈물이고
강물이다

무지개

지난가을 어느 날 오후
달리기 연습 중에
무지개 떠 있는 하늘이
너무나 아름다워
셀카로 찍어서
그 사람에게 보냈더니

"가을 풍경 같아요~"
"메마른 겨울의 모습인가?"

펼쳐보세요~

"무지개가 있긴 있네요"

꼭지들의 절망

가을이 젖는 소리에 창문을 열었다
통째로 흔들리는 숲 사이로
그렁그렁한 멍울들이 적막을 깨고
뜨거웠던 여름날에 기억들
빗소리에 섞여 틈새로 스며드는
감정!
피었다지는 꼭지들의 절망
나도
꼭지가 되어 빗길을 걷고 싶다

슬픔 없는 이별이다

보랏빛 풀꽃

꽃이 바위를 뚫었다.
바위틈에 너끈히 뿌리 내리고
보랏빛 풀꽃도 하늘로 솟아올랐다

홀로 핀다는 것은
어둠의 혼돈 속에서도
누진한 생의 아픔을 끌어안고
유유히 흐르는 강가에
말간 얼굴로 나부끼는
한 송이 시린 가슴에
꽃을 피워내는 것

순간

불꽃이 번쩍 튀어 오르는 순간 깨달음에
나의 머리는 자유스러워지고 있다는 것을 알 수 있다

천천히 지나가는 구름 사이를 뚫고 내려오는 빛
초록의 물결 위에 흰 두루미 날개에 묻어
소나무에 걸터앉아 있다가 논에 부리를 묻는다

깊은 골짜기 사이로 유유히 물줄기가 흘러갈 것만 같았다

그는 어느 때는 천재가 아닌가 생각이 들 때도 있었고
어느 때는 미치광이 같은 기억이 희미해져 가는 길 위에서
길고 어두운 그림자를 드리우며 가슴이 시려 오는 섬처럼
고단하고 외로운 삶이 천천히 흘러가고 묻히기를

머그잔에 차를 따르고 창문을 열었다
하늘을 보았다 주름 가득한 얼굴이 가득 밀려오고
저물어 가는 햇빛 속에 나는 마음에 긴장을 풀었다

비누

우주 알갱이들이
부드러운 속삭임으로
요술에 걸린 사랑으로
블랙홀로 사라진다

거품 속 실루엣의
핑크빛 속살을 남기고

파장

끝이 어딘지 알 수 없이 내려가다 멈춰질까
얼마나 더 내려가야 바닥을 치고 다시 솟아
초록에 합류하여 날개 펼칠 수 있을까
얼마나 더 시리고 아파야 잊을 수 있을까
언제쯤 아픔의 통증 놓을 수 있을까

한 송이 꽃으로 피어나기 위하여 흠뻑 젖은 날개
바람에 마르기를 기도하며 기다리는 내일이 있기에
다시 일어나 끝이 어딘지 모르는 내리막길에
꼭지를 부여잡고 바닥을 치고 다시 오를 수 있는
누진한 날개는 고요 속으로 파장을 일으키고 있다

폐업

먹구름은 머리에 닿을 듯
빠르게 내려오고
적지 않은 시간 속에
손끝에서 머물다 이렇게 떠나가는 것들
빛바랜 간판이며 의자 탁자도
겁에 질려 빛을 감추고
그렇게 바라만 볼 수밖에 없는 한계가
살갗을 도려내듯 아프다

십여 년을 운영하던 생업을 폐업하고
어딘지 모르고 가야만 하는
콩 당 콩 당 거리는 가슴
검은 우산을 펼쳐 들고
잰걸음에 허공을 걷는다

빗방울 사이로
흘러내리는 것은
알 수 없는 떨림이다

하루살이

하루만 더 살 수 있다면
전등불 안으로 들어가려고 애쓰지 말아야지
밤에 자동차 달리는 도로 위를
무단 횡단하지 말아야지

가로등 불빛 아래 모여드는 무리
서로 떠나가야 할 시간이 아쉬워
파르르 떨고 있는 작은 날개
벚꽃 길 오가는 동공들 앞에
반갑다 인사하며
출생과 죽음 사이에서

단, 하루만을 선택받은 삶을 위해
치열하게 날개를 젖고 있네

바람의 노래

눈발은 잦아들고
텅 비어있는 하늘 아래
백설로 뒤덮인 통정리 외딴 마을
어둠을 안아주던 그 사람이 살고 있다

눈 내리던 때가 엊그제 같은데
초록이 들판을 물들이고
콘크리트 사이로 피어나는
이름 모를 잡초와 작은 꽃들

논두렁 밭두렁 새싹의 기지개
들녘 한편 익어가는 봄볕
물오른 버드나무 사이로
흐르는 물빛에 내려놓은 무게들

통정리 봄 산허리에
들꽃으로 앉아
바람의 노래를 묻고 싶다

가을의 끝자락

짙은 회색빛 하늘이
나뭇가지에 걸쳐 있다

재잘거리는 무리가 흘러가고
이끼가 버짐처럼 번져가는 돌담은
새로운 채색 준비를 하고

나와 돌담 사이에
어떤 소리도 들리지 않음은
가을 끝자락을 놓지 않으려는
죄어드는 욕심

와인 한 잔

오늘은 와인 한잔
울림 없는 건배를 하고
입가에 실웃음 묻어나는
좋고 좋지 않은 일 있더라도
거울 속에 비친 너를 언제나 응원하지
과거도 미래도
별 하나 갖고 싶은 아침이면
갈래갈래 흐르는 개울물 소리 들으며
흙길을 밟고 그 무엇이 되기 위해
손가락을 오므려 쥐었지!
바람 불면 흔들리는 들국화를 닮은
때로는 바람이 되고, 비가 되고
때로는 벗어나고 싶은 잘 숙성된 와인으로
너를 부르고 싶다

이젠, 울어도 되나요

울고 싶을 때 울지 못해서
그 속엔 덩어리가 자라고 있어요
말라 있던 덩어리가
가슴이 파이도록 아파지던 날

유리창에 부딪히며 떨어지던
수많은 빗방울 소리 들으며
가만히 무릎 포개 얹고
손가락을 오므려 쥐었어요

아픔이 아픔을 더하고
지문 사이사이의 각질 조각처럼
밤새 비가 내리는가 싶더니
어느새 햇살이 방 안 가득해요
밤새 푸른 잎새를 피우고 돌아왔나 봐요

울 수가 없어 엉겨있던 눈물
강물 되어 흐르도록
이젠, 울어도 되나요

아카시아 꽃 필 무렵

목이 터지라고 하늘 향해 소리 질렀지

비행기가 우리의 목소리 듣고 손 흔들어 줄 거라고
우리를 태워 주려고 이 작은 마을에 내려올 수 없음을 잘 알면서도, 고사리 같은 손바닥을 양 볼에 대고 "우리 좀 태워주세요"라고, 목이 터지라고 부르는 사이 비행기는 이미 저 산 너머로 날아갔지. 비행기가 보이지 않아도 한 아이는 잠자리 꼬리를 향해 느리게 걸어가고, 다른 아이는 호박꽃 속 검은 왕 벌을 잡기 위해 별 모양의 호박 꽃잎을 빠르게 오므렸지 아무런 일도 없던 것처럼, 그리고 벌이 들어있는 호박꽃 꼭지를 떼어 서로 귓가에 대니 "날, 내 보내줘! 날아가고 싶어" 하는 윙윙 되는 소리를 들었지. 우리는 아카시아 꽃향기 그늘에 앉아 호박 꽃잎을 열었지.
순간!
왕벌은 자유롭게 하늘로 날아가고 우리는 흙바닥에 그림을 그리며 "두껍아 두껍아 헌 집 줄게 새집 다오"를 불렀지.

불꽃으로 타오르던 내 소박한 꿈의 시간도 오래전 산 너머로 날아갔지.

제3부

개구리 소리를 듣는다는 것

숲의 공연

저 산 올라가는 길은 연녹색 세상이다

길과 길 사이 간격을 두고
서로 기댈 수도 없이 바라만 보다가
녹색 절창의 계절이 오면
파란 손바닥 활짝 펼쳐 잇고 이어서
녹색 향연을 깔아놓았지

풀잎 끝,
아침 이슬 다녀간 자리엔
다정한 햇볕이 앉아
새와 물빛과 녹색이 함께 어우러진
숲속 요정들의 공연을 감상했지

서로 마음을 주고받던 옛 생각이
발걸음 옮겨놓을 때마다
사라진 기억 속에서
절창으로 다시 피어나지만

지금은 디지털 시대
태양광의 전기가 흐르고 있다

젖은 산책길

안개비 내리는 산책길
길 위에 떨어지는 운동화 소리에
초록 들판 산책하던 오리 가족이 화들짝 놀란다
어미 오리는 뒤 돌아보지 않은 채
줄행랑쳐 달아나고
영문도 모르는 새끼오리는 우왕좌왕
논 벼 포기 사이로 숨어든다

도로 위를 가로질러
실개천으로 달려가던 어미는
목을 길게 늘려 나를 노려보다가
뒤뚱뒤뚱 달려가는 아이들을 부른다

나뭇잎에 맺혀 있던
내 삶의 빗방울이
젖은 산책길에
한 줌 바람에 떨어진다

늦잠

축축하고 비릿한 덩어리는 늦잠을 잤다
새들이 재잘재잘하는 소리에 눈을 떴다

방안으로 가득 들어온 반갑지 않은 햇살과
새소리에 머릿속은 하얗게 굳어버렸다

처음으로 지각을 해야 한다는 난감한 생각에
가장 빠른 동작으로 옷과 신발 속으로 들어가고
피아노 건반 튕기듯 발걸음 재촉하여
반 달음질로 집을 나왔다

자동차 시동을 켜는 순간
베토벤─소나타 3악장 음악이 흐르고
재잘재잘하던 소리는
초록의 논들이 이어지는 길을 안내하고

지난밤 개구리 소리로 가득했던 논엔
흰 두루미 한 마리가 거닐고
이름 모를 새들은 동그랗게 떼 지어 날며
잘 다녀오라고 재잘거리는 것 같다

봄나물

사월의 햇살 창가에 펼쳐질 때
움츠렸던 입맛을 돋워주는
두릅나무 엄나무 가죽나무 순
고추장 참기름이 양푼에 모여 있다

가시나무 끝에서 빛나던
초록 별 모양을 닮은 새순들
쌉싸름한 맛에 향이 강한 봄

쑥 냉이 돌미나리 머위 잎
특유의 향긋함 뿌리까지 살짝 데쳐
장국을 끓이고 재빠른 손놀림으로
봄이 식탁 위에 반긴다

어머니가 보내주신 택배박스
계절은 먹새가 먹이를 쪼아 먹듯
콕콕 찍어 나르는 손톱 사이
어린 시절 추억이 새겨져
은은하게 피어나는 봄

봄 오는 소리

나뭇가지 끝에서
봄이 피어나고

봄의 그림자가
길게 누워 있는 돌 위에
종달새처럼 다리를 접고
앉아 있을 때

머릿속으로
기운차게 스며드는
생명의 물소리

춘삼월

가랑비에 젖은 산과 들
햇볕이 따스하게 스며들고
긴 잠에서 깨어나 눈 비비며
폴짝 뛰어나온 개구리
기지개를 켜고 있다

폴짝폴짝 마른 숲을 옮겨 다니다
먼 길 떠나가는 겨울새와
할 말은 많은데
아직 입은 열리지 않는가 보다

춘삼월 버드나무 수액이
다가올 희망을 노래한다

네모진 정원

네모진 작은 정원에
하얀 목련이 피었다

어둠과 고요 사이에
만개하는 그 순간 오기까지
얼마나 차가운 바람과
맞서야 하는지 알 수 없다

선홍빛으로 피어올라
하늘을 마음껏 품을 수 있도록
네모진 정원에서
이 순간 견뎌야 한다는 것

개구리 소리를 듣는다는 것

내 눈엔 보이지 않아도
어디선가 들려오는 개구리 소리

그 소리가 내 귀에 와닿기까지
거리는 얼마나 떨어져 있을까?

외롭다든지 사랑한다든지
개구리 소리에 섞여 흐르는 그런 것

나는 개구리에게 귀를 맡겨 두고
개구리는 나에게 귀를 맡겨 두고

바람의 다리를 건너온다는 것
소리의 강이 흐른다는 것

연잎 차 내려놓고
가만히 무릎 포개고 앉아

그리움의 거리를
소리의 크기로 재고 있다

일어나

벌거숭이 저 산처럼
가진 것을 잃어버린
고단한 시간

어둠을 내려놓고 워크넷을 검색하다
목이 긴 와인 잔에 와인을 따랐다
피가 쏟아진다

연녹색 잎들이 손짓하는 길가
풀잎에 맺혀 있는 물방울 속에
새들의 동공이 젖어 있다

돋아나는 싹처럼
툭툭 털고 일어나는
축축한 삶을 다독이는

일어나!

아침 단상

아침 바람이
비탈진 산허리
구름을 거두고 있을 때

연한 초록은
중세 때 그 아침을 열고 있다

오래전부터 들려오는 새소리와
밥 뜸 드는 내음이 어우러져
나를 포근하게 감싸 준다

길 위에서

고속도로 달려 학교에 간다
콧바람 소리에 실웃음
차창 너머 펼쳐지는 하늘 바다
우주와 손잡고 있다

어제보다 많이 달라진 하늘
어제는 구름 한 점 없었는데
오늘은 온통 파란 도화지에
촘촘히 펼쳐진 글씨

매일 다른 배경으로 펼쳐지는
하늘은 나를 내려보고
나는 하늘 올려보고 있다

우주 안에 지구 안에 모든 글
여기 담아 놓았다 지우고
다시 그림을 담았다 비우고
땅으로 기우는 머리를 들게 한다

계곡에 빠지다

하늘이 계곡에 빠졌다

나무와 나무 사이로 보이는 물빛
나뭇가지 끝에서 봄이 피어나고
봄의 그림자가 누워 있는 돌 위에
나는 종달새처럼 앉아 있다

때로는 경쾌하고 빠르게
때로는 알콩달콩 이야기하듯
때로는 화가 난 개구리 소리처럼
시시때때로 변화하는 계곡

나무와 나무 사이
종달새 부리에서 흘러나오듯
무언의 노랫말을
봄이 오는 문턱에서
물빛 하늘을 만든다

꽃과 잎

먼저 피는 덩굴장미는
진초록들에 떠받치며
새빨간 꽃들을 송이송이
피워내고 있었지!
싱그럽게 피어나는
꽃과 잎들은
아름다움의 극치였고
생동감 넘치는 환희
봄은 찬란하고 황홀하게
꽃잎으로 화음을 수 놓고 있었지!

쑥~욱

추적추적 봄비 내리는 날
엉클어진 봄이 소쿠리에 담겨 있다
봄의 존재감을 드러내는 듯
쑥떡 쑥국 쑥 지짐이 조화를 이루고
젓가락들이 쑥 향기를 흡입하고
하얀 접시 안엔 지구가 그려져 있다

단군 신화에서 곰이 사람이 되기 위해
쑥과 마늘을 먹었다는 대표적인 이야기
먼 하늘에서 날갯짓하던 새가
젖은 날개 접고 쑥욱국 쑥욱국 쑥쑥국

극한적 환경에서도 생명력을 잃지 않고
자생하는 쑥 향의 오후
젓가락들은 지구를 쑥~욱 찧고 있다

선유도

오랫동안 섬에 있었다는 걸 알았어

밖으로 나와 보니 세상이 바뀌었어

유월로 접어드는 초록의 들녘
유채꽃처럼 금계 국화 물결이
바람에 섞여 바다로 흐르고

이 섬에서 초록은 오랫동안
서로가 사랑하고 있었나 봐

서해를 내려다보는
망주봉이 노을빛으로 물드는 것은

나도 오랫동안 섬에 있었다는 걸
알았음이지

제4부

해 질 무렵

해 질 무렵

어스름한 노을이 강을 건넌다
풀씨 타는 내음이 코끝을 스치니
먼 산은 하늘과 맞닿아 선홍색이다

빈 들녘
어둠을 물고 있는 산자락에
노을 꼬리 걸치니
강둑은 그리움으로 물들고

아궁이에 불 지피시던
어머니의 모습이
아직도 강을 건너고 있다

등

바르게 걸어가라고 한다

오늘도 언덕길 지나 꽃길을 걸어서
당신 앞에 서 있다

나를 업고 들과 개울물 건너
좁은 길지나 언덕길 오르시던
당신의 등

하루하루 부서져 내리는
한 줌의 모래로
흩어질까 두렵다

섬

예순두 계단을 밟으면 섬이 있다

모두 잠든 고요와 고요를 더하는 시간
지도처럼 번져오던 상처가 깊어질 때
나는 고요와 한데 섞여 물들어가고
더 많은 시간이 지나가면 지도와 섬 사이
작은 다리를 밟고 고요가 건너가기를

초록이 몰려와 이 세상 물들이고
새소리에 잠들던 고요가 깨어지기를
보이지 않는 것이 보일 것 같은
들리지 않는 것이 들릴 것 같은
고요가 흐르는 섬에서 물들고 있다

비상

기미년 새해맞이 사흘째 날
부지런한 새 한 마리
동쪽 하늘 활짝 열어놓았다

가슴이 콩닥거린다
오랜만에 여유로운 맘으로
눈 내리는 아침 광경을 보고 있다

순백의 세상에 그림이 그려지고
한사람 두 사람 천천히
하얀 발자국을 내며 걸어가고 있다

내일의 꿈을 품고
그렇게 걸어가고 있을 거다

물소리가 시리다

시린 물소리
마른 풀잎 따라
먼 길 떠나려고
관절이 서걱거리는 풀잎들

감나무 끝에 매달린
투명한 햇살이
노을의 꼬리를 물고 있다

거리와 사이

오늘 나는 사랑하는 너의 목소리 들었다
그래서 술 한 잔에 취하고 말았어
영원히 네가 내 곁에 있어 줄 줄 알았는데
세상은 그것을 허락하지 않는구나!
오늘만이라도 너를 만날 수 있다는 것은
큰 행복이 아닐 수 없지
한 가지 바램 있다면
먼 훗날 내가 세상과 이별하는 날이 왔을 때
네가 와서 끝까지 그 과정을 지켜봐 준다면
내가 떠나는 것을 네가 와서 바라봐 준다면
지금부터 나는 행복하리라는 꿈이 생기고
다시 날 수 있으리라는 꿈을 발화하기 위하여
한 번쯤 커다란 날개를 활짝 펴보리라

찻잔 앞에서

꿈나라에서 알 수 없는 공주를 만나
찻잔을 두고 마주하고 있다

긴 털을 뽑아 실을 만들어 짜내려 가듯
순백 세상에 내놓을 노랫말을 엮어간다

밤사이 많은 눈이 내렸나 보다
생각이 시리다

검은 날개

하늘과 땅 사이 비행하는 검은 날개
어디로 가는 걸까?
어둠으로 이어져 길 위에 갇혀있던
허공을 가르며 날아가는 발톱

알 수 없는 언어를 토해내는 저 무리
밤새 눅눅했던 날개들 쪼르륵 쪼르륵
실눈이어야 볼 수 있는
아름다운 우주를 만들고

지독한
음산한
그늘을
허공에 던지며 달리고 있을 때

햇살은 새벽보다 먼저
언덕에 빛을 얹는다

격리

생각마저 부서져 간다
인내를 키워야 하는
답답한 행복이다

발걸음 소리 들리지 않는
또
하루 가
섬에 갇혀 빛바래 간다

콩밭에서

나보다 먼저 태어난 언니는 힘이 세었다

10살 무렵 그 큰 손아귀에 온몸이 갇혔다
지구가 빙글빙글 돌고 철썩 소리에
머릿속이 핑한다는 것을 느꼈다

사랑방 문을 열면 노간주나무 울타리 사이
작은 공간으로 몸을 동그랗게 말고 나가면
짙푸른 콩밭에 작은 바위가 있었고
내가 혼자 앉아 있을 만한 공간이 있었다

나는 연필과 노트를 가지고 나가
그곳에 앉아서 언니에게 던지고 싶은
이야기들을 일테면
"싫어, 싫어 싫어"
앞에서는 한마디도 못 하면서 생각나는 대로
말하고 싶었던 것들을 콩알처럼 적었다

사방은 어둠이 짙어지고
푸른 콩밭은 검은빛으로 나를 안고

하나둘 콩밭으로 내려오는 별들에게
마음속에 두고 있던 것들을 묻고 싶었다

내가 앉아 있는 바위는 언제부터
이곳에서 별을 맞이하고 있었을까

이상한 나라

가게 계약하기 전날 밤 꿈을 꾸었다

어두운 가게 전기 스위치 켜는 순간
타는 불빛으로 온 주변이 너무도 밝아
꿈속에서 눈을 번쩍 떴다

억수로 쏟아지는 비에 우산을 쓰고 가게 앞에 와 있을 때
옷이 흠뻑 젖어 있었고 주변도 어두웠는데
누군가 서 있는 나에 등을 다독여 주었다

무게감이 느껴지는 아름다운 황금 자물쇠통이 내 손에 있고
나는 이것을 가져가야 하나 놓고 가야 하나 고민하고 있을 때
'그 가방에 넣으면 된다.'는 음성이 들리자
나는 '아 그러네' 하고 가방 안에 자물통을 넣었다

우측은 넓은 주차장이고 좌측은 맑은 물이 흐르는 개울가에
빗방울이 한두 방울 떨어지는데 나는 그 맑은 물속에서
머리를 물에 닿지 않게 조심하며 물놀이를 하고
어느 국립공원 주차장 쪽으로 걸어가고 있는데
하늘이 먹빛으로 변하더니 굵은 빗방울이 쏟아져

머리와 옷이 흠뻑 젖은 나는 차 있는 곳까지 뛰었다

빗소리에 잠에서 깨어났지만
빗소리에 스며드는 꿈에서 본 나라

상처

구름 한 점 없는 맑은 하늘이
고개를 들어보라 한다

작은 잡초 하나
어디서부터 불어오는지 알 수 없는 바람에
심장의 떨림을 느끼며
작은 병원으로 옮겨와 짐을 내려놓는다

하늘에 닿아 있는 먼 산은
곡선으로 산과 하늘 나뉘고
높은 산 등 선 끝자락이 어디인가
하염없이 걸어서 넘어야 했던 기억들

네가 있어서 참 좋았지
웃으면 하얀 치아가 가지런히
아카시아 꽃잎처럼 맑던 모습
퇴원 절차를 밟아주고 성호를 긋던

강물이 흐르는 오른쪽 차 창문을 내리고
바람이 되었다가 구름이 되었다가

빗물이 되었다가 바다가 되었다가
소금이 되었다가 하얀 눈으로 내리기를

바삭거리는 잔디 위에서
두 손 모으고 기도하던

왜, 그랬을까

오래전 안방과 윗방 사이 샛문이 있었다
다섯 살 여자아이는 두 동생이 있었고
주변 관심을 받고 싶은 충동심이 발동하여
아이는 저녁 식사 시간에 샛문 뒤에서
까치발을 하고 숨을 참고 있었다
밥상을 차려 놓고 보니 아이가 보이지 않는다
온 식구들은 걱정하며 모두 밖으로 나가서
아이 이름을 부르다가 웅성거리고
그 상황을 듣고 있던 아이는 점점 겁이 났다
장난치려고 했다가 야단맞을 것 같은 생각에
고민하다 아이는 절여 오는 발을 더는 참지 못하고
살그머니 샛문 뒤로 발을 내밀었다
무표정의 아이를 보며 식구들은 어이없다는 표정이었다
가족들은 꿀밤을 한 대 쥐어박아 주고 싶었을 테지만
가슴을 쓸어내리는 침묵의 저녁 시간은 그렇게 흘러갔다

아무도 찾을 수 없었던 작은 공간
잠깐만이라도 나만의 상상의 세계에서
주인공이 되고 싶었다

지금은 집 전체가 나만의 공간이며
까치발 들어보아도 주변은 고요하다

그칠 줄 모르고 내리는 저녁 빗소리에
스며오는 아주 오래된 기억

뒷마루

고향 집 뒷마당 풀 향기 그리워
때늦은 식탁 위에 민들레 고추장
작은 거울에 담아 놓으니
고향 집 뒷마루가 떠올려진다

숨바꼭질 사라진 그곳
물 한 바가지 퍼부어 어린 것들 씻기고
옹기종기 둘러앉아 풀 향기를 마시던
석양이 쉬어가던 뒷마루

수돗가에 미나리 부추 머위나물
비릿한 물이끼 뿌리를 놓지 않고
올해도 호박꽃과 여왕벌들
부지런한 개미들과 이웃이 될까

풀 향기 가득한 뒷마루에
소담스럽게 조물조물 무친 봄나물
거울 속으로 피어나는 것

천왕봉에서

　고3이었던 딸하고 노고단 산장에서 새벽 두 시 반에 헤드 랜턴 불빛을 따라 천왕봉을 향해 산행을 나섰다

　어둠 속에서 들려오는 바람 소리와 물소리에 그저 말없이 조심조심 앞서가는 사람들을 따라서 연하천산장 세석산장에서 토끼봉 장터목산장 지나 천왕봉을 올라가서 끝없이 펼쳐진 산들의 바다를 딸아이와 바라보며 침묵의 대화를 했다 딸의 고민이 나의 몸속으로 파고드는 느낌은 어느 고3 엄마들도 같았을 거다 내려오는데 새벽에 앞서가던 사람들이 올라가며 우리를 알아보고 인사한다. 하산은 백무동으로 멀고도 긴 내리막길로 선택했다. 우리는 저녁밥을 먹기 위해 식당으로 들어갔다 산나물비빔밥을 주문하여 오래간만에 딸아이와 호흡을 같이했다 지금 생각해 보면 아득하고 잊을 수 없는 딸과의 행복한 여정이었다

평 론

시인의 길 찾기와 길항의식― 하제

시인의 길 찾기와 길항의식

하 제(시인)

Ⅰ. 들어가며

긴 코로나의 터널에서 빠져나오는 마스크의 행렬도 끝나가고 있다. 갇혔던 마음과 답답했던 심리적 현상들이 여기저기서 분노로 터져 나오고 있다. 기후변화와 지구의 온난화로 지구의 곳곳에서 폭우와 산불과 재앙들이 일어나고 있는 가운데 올여름도 유난히 장마와 무더위에 견디기가 힘들었던 것도 사실이다. 문명의 잔재들로 인한 환경의 오염과 자연 생태계가 파괴되는 현상을 보면서 탄식하는 것만으로는 문제 해결이 되지 않는다.

어린 날 고향에 대한 기억들, 땡볕 속에서 들판을 지키며 수북이 자란 논두렁 풀을 베고, 번식력이 좋은 물달개비를 뽑아대고, 여름이면 물꼬와 도랑을 정비하던, 우리네 고향을 이루고 있던 그 많은 것들이 거의 소멸하여 가고 있는 현실이다. 시인의 그러한 기억들은 지금도 생생하게 남아 시란 이름으로 떨림의 댓이파리를 피우듯 피우고자 안간힘을 쏟고 있다.

산수가 수려한 홍천에서 태어나고 호반의 도시라는 춘천에서 생활을 시작한 환경적 지리적 여건도 있지만, 어릴 적 소망이었던 '시인'이 되기까지 그는 시적인 상상력의 소산을 늘, 자연과 생명을 통해서 배우고자 했다. 그래서인지 시어 하나하나에서도 고향의 정서가 묻어 있음을 알 수 있다.

물론 시인은 지금도 시를 쓰면서 왜 쓰는가? 어떻게 써야 하는가? 어떻게 써야 좋은 작품이고 훌륭한 시인가를 자문자답하며 부지런히 배우고 있는 열망이 많은 시인이다. 현재도 대학의 예술대학원을 다니며 부족한 창작의 배움을 한층 더 끌어 올리기 위해 학업과 일을 병행 중이다. "인생은 절망의 반대편에서 시작한다."는 장, 폴 사르트르의 말처럼 시인은 자기의 삶을 마치 희망과 긍정이 문밖에서 대기하고 있는 양 자신을 끌어내고 있다.

아직도 어릴 적 이상을 버리지 않고 글쓰기에 혼신을 다하는 이유는 불행과 어려움의 위에 자신의 희망을 쌓아 올릴 수 없다는 다짐과 언젠가는 원하는 모든 일이 잘 될 거라는 믿음과 확신이 있기 때문이라 생각한다. 그러면서 삶이 너무 힘들다고 생각하면 한바탕 마라톤으로 삶의 허기를 해소하며 포기하지 않고 정정당당하게 자기 삶의 방식을 믿음으로 채워 나가고 있는 의지가 강하지만 내면이 부드러운 시인이다.

시인은 첫 시집 출간 이후 시에 대한 목마름의 갈증 해소의 한 방법으로 자연의 소리를 듣는다. 눈으로 보고 귀로 듣고 가

슴으로 느끼는 자연의 순리와 자신의 삶을 동일한 의미로 해석
하며 시의 제목으로도 사용하고 있다. 그래서 그 대상인 자연을
자기 삶의 영역으로 수용하는 자세를 보이는 몇몇 작품들을 먼
저 살펴보고자 한다.

Ⅱ. 자연을 삶의 영역으로 수용

내 눈엔 보이지 않아도
어디선가 들려오는 개구리 소리

그 소리가 내 귀에 와닿기까지
거리는 얼마나 떨어져 있을까?

외롭다든지 사랑한다든지
개구리 소리에 섞여 흐르는 그런 것

나는 개구리에게 귀를 맡겨 두고
개구리는 나에게 귀를 맡겨 두고

바람의 다리를 건너온다는 것
소리의 강을 흐른다는 것

연잎 차 내려놓고
가만히 무릎 포개고 앉아

그리움의 거리를

소리의 크기로 재고 있다
　　　　　　—「개구리 소리를 듣는다는 것」전문

　허가은 시인은 어린 시절을 고향인 강원도 홍천에서 보냈다. 아직도 노모님이 살고 있고 고향에 대한 그리움과 애착을 버리지 못하고 있다. 그래서인지 대부분의 이번 시집에서도 그에 고향의 식은 시인의 원천이 되고 있다. 물론 현재는 당진에 살면서도 언제나 고향의 소리에 귀 기울이면 창작의 정서를 끌어내고 있다.

　"내 눈엔 보이지 않아도/어디선가 들려오는 개구리 소리//그 소리가 내 귀에 와닿기까지/거리는 얼마나 떨어져 있을까?//외롭다든지 사랑한다든지/개구리 소리에 섞여 흐르는 그런 것" (「개구리 소리를 듣는다는 것」1~3연) 아직도 시인은 정서가 살아 있는 유년의 기억들을 몇십 년의 세월이 흐른 지금에도 그 아름다웠던 개구리 소리를 통해 접하고자 한다. 시인은 개구리 표현을 '울음'이라 하지 않고 개구리 '소리'라 표현 했다. 이는 세상을 접하는 마음이 우울함과 슬픔보다는 타협의 대상으로 슬퍼하지 않고 오히려 미래의 삶에서 힘을 찾으려는 시인의 아름다운 정서적 표현이라 할 것이다. 물론 화자는 지나간 감상적인 향수에 집착하여 노래하지는 않는다는 것도 알고 있다. 다만 자신의 삶을 어떻게 변화시켜 나갈 것인가를 대상인 자연의 소리를 자신이 처해 있는 현실적 고민의 소리로써 동일 맥락에서 바라본다는 것이다.

　"바람의 다리를 건너온다는 것/소리의 강을 흐른다는 것// 연잎 차 내려놓고/가만히 무릎 포개고 앉아//그리움의 거리를/소

리의 크기로 재고 있다" (「개구리 소리를 듣는다는 것」 5~7연)
시인의 가장 큰 고민은 늘, 새로워 져야 한다는 것이다. 바람의
다리를 건너고 그리움의 거리를 소리의 크기로 재고 있는 것은
결국 새로운 시를 쓰고자 하는 바람이며, 그가 가고자 하는 길
이라 할 것이다.

녹색이 창창했던 나뭇잎에
가을이 쉬고 있다
풀벌레 울음소리 가득 담은
손금에 파란 하늘이 물든다
가을바람이 쉬고 있는 가지에
하얀 구름이 걸터앉아
코스모스에 안부를 물으며
신홍빛 노을 기다린다

따스한 햇살의 사랑 받아
탐스럽게 익어가는 홍시
파란 하늘 머리에 이고
잎새들과 속삭이며
그리운 이들에게 나누고 싶은 가을
쭉쭉 뻗은 가지에 걸어놓는다
어디론가 떠나가야 하는
철새들의 날개에
파란 물감을 묻혀 준다

―「철새의 날개」 전문

철새의 날개에는 자신을 바라보는 안목의 혜안인 방향의 속성이 있다. 삶의 오솔길이 아니라 험난하면서도 도전의 길을 걷다 보니 시인의 시간도 어느덧 " 가을바람이 쉬고 있는 가지에/하얀 구름이 걸터앉아/코스모스에 안부를 물으며/선홍빛 노을 기다린다"에서처럼 지나온 역설적 사랑과 온 힘을 다해 살았던 모든 것에서 해방되어 좀 더 편안하고 인생을 관조하는 객관적 평가를 통해 안부를 묻고 선홍빛 노을을 기다린다. 그리고 자신의 인생에서 경험하고 느꼈던 지독한 상실감에서 벗어나"그리운 이들에게 나누고 싶은 가을/쭉쭉 뻗은 가지에 걸어놓는다/어디론가 떠나가야 하는/철새들의 날개에/파란 물감을 묻혀 준다(「철새의 날개」 2연 5~9행). 처럼 이제는 어느 정도 안정 속에서 끊임없이 삶의 전진을 자극했던 철새의 날개에 파란 물감을 채색한다는 의미는 이제부터의 삶은 철새가 아닌 텃새로 살고자 하는 시인의 의지가 반영된 결과라 할 것이다.

　　　　하늘이 계곡에 빠졌다

　　　　나무와 나무 사이로 보이는 물빛
　　　　나뭇가지 끝에서 봄이 피어나고
　　　　봄의 그림자가 누워있는 돌 위에
　　　　나는 종달새처럼 앉아 있다

　　　　때로는 경쾌하고 빠르게
　　　　때로는 알콩달콩 이야기하듯
　　　　때로는 화가 난 개구리 소리처럼

시시때때로 변화하는 계곡
나무와 나무 사이
종달새 부리에서 흘러나오듯
무언의 노랫말을
봄이 오는 문턱에서
물빛 하늘을 만든다

—「용현 계곡에 빠지다」 전문

　영국의 시인 하우스먼(A.E. Housman, 1859~1936)은 시 창작하는 일을 "상처받은 진주조개가 지독한 고통 속에서 분비 작용을 하여 진주를 만드는 일"에 비유하고 있듯이 허가은 시인의 시 쓰기 또한 이와 흡사한 경로를 밟고 있음을 알 수 있다. 그래서 더 시인은 자연을 무척 아끼고 사랑하는 것 같다. 아마도 어릴 적 고향에 대한 향수가 아직도 그의 시 쓰기 작업에 상당한 정서로 작용하고 있음을 위 시에서 알 수 있다.

　그는 삶의 고단함에서 오는 부정적 생각들을 자연을 통해서 일으켜 세우며 (나는 종달새처럼 앉아 있다) 한계에 다다르다 힘에 겨우면 마라톤으로 많은 삶의 조각들을 땀으로 쏟아내는 그만의 방식으로 삶을 일구어 오고 있다는 점도 특징이라 할만하다. 앞서 말했듯이 자신을 바라보는 안목의 혜안인 삶의 방향성에 제대로 초점을 맞추고 있다고 볼 수 있다. " 때로는 화가 난 개구리 소리처럼/시시때때로 변화하는 계곡"(「용현 계곡에 빠지다」 3연 3~4행) 여기서 화가 난 개구리 소리처럼 시시때때로 변화하는 계곡(현실 세상)이 말해주듯 변화무쌍한 험난한 세상의 중심에 서 있지만 "종달새 부리에서 흘러나오듯/무언의 노랫말을/봄이 오는 문턱에서/물빛 하늘을 만든다" 시인에도 이제 봄이 오기 시작했다. 그리하여 자신의 내면에서 꿈틀대던 무언의 노랫말(좋은 시를 쓰고자 하는 의지의 발로)들을 뱉어내어 아름다운 물빛 하늘을 만들고자 하는 것이다. 그가 바라보는 계곡은 언제나 푸른빛이 나는 하늘이다.

　마음이 깨끗하고 어떤 감동을 할 때 자연의 섭리 속에서 지혜를 모아 현실을 헤쳐나가는 자신의 삶과 일치하는 의미의 해석도 가능하다 할 수 있다.

Ⅲ. 그 길을 가고 싶다

　허가은 시인은 삶을 추구하는 과정에서 난관의 벽에 부딪힐 때마다 그만의 특별한 견딤의 방식이 있는 것 같다. 그는 시인이 되기 이전부터 여성 마라토너로 더 유명하다. 이력을 보면 2009년부터 시작하여 춘천마라톤 11회를 완주했다. 그리고 마라토너의 꽃인 명예의 전당 헌액자이기도 하다. 마라톤 거리인 42,195km를 완주한다는 것은 굉장히 힘들고 인간의 한계에 도전하는 그야말로 자신과의 고독한 싸움이 마라톤이다. 감히 시인이라는 이름이 어찌 보면 어울리지 않을 수도 있지만, 오히려 그러한 마라톤의 한계에 도전하는 그만의 정신과 내면에 꿈틀거리는 창작에 대한 정서적 발로가 서로 통섭하여 오히려 시인의 상상력을 부추기는 휘발성을 발휘하지 않았나 생각해 볼 이

유가 생긴 것 같다. 그 외에도 동아마라톤 9회, 손기정 마라톤 2회 완주를 했다. 현재는 당진마라톤 동호회 회장으로 운동과 일과 대학원 학업에 휴식할 틈이 없는 성실한 시인이다.

요즘의 젊은 세대나 노년의 세대까지도 검색의 시대에 살고 있다. 시인도 생활 터전을 찾기 위하여 삶의 단면을 해결할 대안인 일자리 앱인 워크넷을 검색하다가 울컥 쏟아지는 현실적 감정을 이야기하고 있다.

> 벌거숭이 저 산처럼
> 가진 것을 잃어버린
> 고단한 시간
>
> 어둠을 내려놓고 워크넷을 검색하다
> 목이 긴 와인 잔에 와인을 따랐다
> 피가 쏟아진다
>
> 연녹색 잎들이 손짓하는 길가
> 풀잎에 맺혀 있는 물방울 속에
> 새들의 동공이 젖어 있다
>
> 돋아나는 싹처럼
> 툭툭 털고 일어나는
> 축축한 삶을 다독이는
>
> 일어나!
>
> ―「일어나」 전문

시인에게 가장 큰 순리는 새로운 일에 대한 도전 정신이다. 그 도전 정신이 시 쓰기이고 마라톤이다. 시는 그가 살아가는 노래이며 마라톤은 그가 힘든 삶을 견뎌내는 운명적 도구일 것이다.

예상치 않게 닥친 어려운 일로 인한 절망에 머무르기보다, 어떻게 살아야 할까. 무슨 직업으로 바꾸어야 할까 등, 시인의 고민은 꿈을 향해 늘 질주의 본능을 보여주고 있는 것 같다. "벌거숭이 저 산처럼/가진 것을 잃어버린/고단한 시간//어둠을 내려놓고 워크넷을 검색하다/목이 긴 와인 잔에 와인을 따랐다/피가 쏟아진다"(「일어나」 1~2연) 피가 쏟아지는 고통을 감내하며 일자리를 안내하는 워크넷을 검색한다는 시인의 마음은 허무를 넘어 궁핍한 삶의 진한 와인을 마시는 것이다. "연녹색 잎들이 손짓하는 길가/풀잎에 맺혀 있는 물방울 속에/새들의 동공이 젖어 있다//돋아나는 싹처럼/툭툭 털고 일어나는/축축한 삶을 다독이는"(「일어나」 4연) 것과 같이 자연의 순리에서 자아를 확인하고 숙명처럼 "일어나!"를 주문한다. 언젠가는 자신의 삶에도 향기 가득할, 그날이 오리라는 기도 속에 눈물겨운 희망이 있기에 시인은 오늘도 노래하며 살아가고 있다.

할 말은 많지만
묵묵히 하루를 연주하며
핏물이 흐르던 자리

쉽게 멈춰지지 않아도

나를 깨우는 슬픔이 머물다 가면
하얀 꽃잎으로 돌아가기 위해
자라나는 새순

박박 할퀴며 푸념했던
피멍 든 흔적
그 밑을 바늘로 따서
검은 피를 짜내고서야
새롭게 피어나는 반달

— 「손톱」 전문

　인간의 삶은 이상과 현실 사이에서 언제나 고민한다. 그러면서 자신과의 관계를 계산하지 않을 수 없다. 그 관계 속에는 이루고자 하는 꿈이 있다. "쉽게 멈춰지지 않아도/나를 깨우는 슬픔이 머물다 가면/하얀 꽃잎으로 돌아가기 위해/자라나는 새순"(「손톱」 2연) 시인은 어려운 환경에서 닳고 닳은 손톱을 통해 또 다른 삶의 용기를 얻고 있다. 슬픔을 슬픔으로 받아들이기보다는 오히려 자신을 깨우는 용기의 슬픔으로 치환하고 있다. 그러면서 평온한 일상으로 돌아가기 위해 자라나는 새순을 떠올리며 희망을 쌓아 올린다. "박박 할퀴며 푸념했던/피멍 든 흔적/그 밑을 바늘로 따서/검은 피를 짜내고서야/새롭게 피어나는 반달"(「손톱」 3연) 시인은 노벨상 수상자인 '윌리엄 포크너'의 말인 "문학은 인간이 어떻게 극복하고 살아가는가를 가르친다"처럼 문학을 통해서 삶의 용기와 사랑, 그리고 인간다운 삶의 방식을 터득하고 있다 할 것이다.

시 쓰기는 마라톤을 완주하는 고통만큼이나 자신과 싸움을 통해 얻어내는 결과물이라 할 것이다. 그러기에 허가은 시인에게 있어서 시 쓰기의 힘은 단지 허상이 아니라는 걸 증명이라도 하듯이 그는 오늘도 그 길을 찾아 '일어나'를 외치고 있는지도 모른다.

방안으로 아침 햇살 가루가 쏟아져 온다
멍석처럼 둘둘 말아 이리 굴리고 저리 굴리던
이불자락은 햇살에 닿게 나를 밀어 넣는다
귓속으로 흘러들어오는 창밖에 소리
머릿속에 스며들 때 발가락은 연신 움직이고
움켜쥔 손바닥 펼치면 햇살 한 줌 날아와
빛 닿지 않는 터널 속 시리던 기억을 말리는
꽃들이 만개한 그 길로 달려가고 싶다

아롱아롱 별빛에 새겨진
꽃잎 같은
그 길을 가고 싶다
　　　　　　　　　　　　　　—「그 길을 가고 싶다」 전문

두 번째 시집의 제목으로 붙은 시다.

그에 인생에서 시인의 길은 그에 천명 같은 것이다. "빛 닿지 않는 터널 속 시리던 기억을 말리는/꽃들이 만개한 그 길로 달려가고 싶다"(「그 길을 가고 싶다」 1연 7~8행)처럼 허가은의 시에서 "그 길"은 그가 가고자 하는 시인의 길과 동일한 의미를

갖는다. 그가 꿈꾸고 달려왔던 그 꿈을 이루었지만 좀 더 탄탄한 시인으로 거듭 태어나고자 하는 의미일 것이다. "아롱아롱 별빛에 새겨진/꽃잎 같은/그 길을 가고 싶다"(「그 길을 가고 싶다」2연) 진실한 삶이 훌륭한 시로 이어지기는 길이 되길 바랄 뿐이다.

IV. 존재와 自己 認識

비평가인 알프레드 케이진은 "누구든 글을 쓰는 이유는 스스로를 가르치고 이해하기 위해서"라고 했다. 결국 글을 쓰는 것은 자기만족을 위하는 것이고 자신의 존재를 자각하기 위해서 쓴다는 말로 이해를 할 수 있다.

> 연잎을 두드리며 떨어지는
> 빗방울 소리가
> 잠든 호수를 깨운다
>
> 안개 속에 피어나
> 아름다움이 드러날 때
>
> 돌 하나 집어 던지니
> 작은 호수가 주름지며 운다
>
> 청둥오리 떼가 이사 올
> 작은 호수가 소리 없이 운다

내 마음이 운다

—「작은 호수」 전문

시 「작은 호수」를 보도록 하자. "연잎을 두드리며 떨어지는/빗방울 소리가/잠든 호수를 깨운다"(「작은 호수」 1연) 작은 호수가 시인의 마음을 상징한다면 그 호수는 항상 시인의 마음과 함께한다. 작은 호수 속으로 다가가는 것은 잠자는 자신을 깨우는 빗방울 소리가 있기 때문이다. "돌 하나 집어 던지니/작은 호수가 주름지며 운다"(「작은 호수」 3연) 호수는 항상 잔잔하게 있는 것만은 아니다. 때로는 큰 파도가 일어나기도 하고 침묵처럼 고요가 다가오고 지나간다. 이처럼 변화가 있다는 것은 살아 있다는 것과 같은 맥락이기 때문에 새로운 감동이 찾아오기도 하고, 많은 풍경이 만들어진다. "청둥오리 떼가 이사 올/작은 호수가 소리 없이 운다/내 마음이 운다"라는 위선의 껍데기를 벗고 순수한 마음이 되고 호수와 통섭이 이루어질 때를 기다리면 "내 마음이 운다고 했다". 이는 시를 써야겠다는 자기성숙으로부터 비롯된다고 할 수 있음이다.

끝이 어딘지 알 수 없이 내려가다 멈춰질까
얼마나 더 내려가야 바닥을 치고 다시 솟아
초록에 합류하여 날개 펼칠 수 있을까
얼마나 더 시리고 아파야 잊을 수 있을까
언제쯤 아픔의 통증 놓을 수 있을까

한 송이 꽃으로 피어나기 위하여 흠뻑 젖은 날개
바람에 마르기를 기도하며 기다리는 내일이 있기에
다시 일어나 끝이 어딘지 모르는 내리막길에
꼭지를 부여잡고 바닥을 치고 다시 오를 수 있는
누진한 날개는 고요 속으로 파장을 일으키고 있다
　　　　　　　　　　　　　　　　　　—「내리막길」전문

　삶의 인고에 대한 절통한 부르짖음은, 가을이 아름다워서, 해
질 무렵 노을 선홍빛이 너무 눈부셔서, 주변의 바람이 향기로워
서, 하늘이 부시도록 푸르러서, 꽃잎이 흐드러져서— 그래서 세
상살이가 더욱 절망적이고 버겁게 느껴지는 시인의 순백한 정
서가 묻어나는 작품이다. 비장미까지 든다. 내리막길과 비장미
는 탈출을 꿈꾸는 감정의 변증과 존재에 대한 자기인식의 작동
으로 보인다.
　다음 작품을 더 보자.

　　하루만 더 살 수 있다면
　　전등불 안으로 들어가려고 애쓰지 말아야지
　　밤에 자동차 달리는 도로 위를
　　무단 횡단하지 말아야지

　　가로등 불빛 아래 모여드는 무리
　　서로 떠나가야 할 시간이 아쉬워
　　파르르 떨고 있는 작은 날개
　　벚꽃 길 오가는 동공들 앞에

반갑다 인사하며
출생과 죽음 사이에서

단, 하루만을 선택받은 삶을 위해
치열하게 날개를 젖고 있네

— 「하루살이」 전문

이 시에서는 「하루살이」라는 곤충을 매개로 미래의 시간이 아닌 오늘만으로 한정된 고독한 삶에 관해 이야기하고 있다. 하루 사이에 오는 것과 가는 것, 기쁨과 슬픔이 뒤바뀌는 "하루만 더 살 수 있다면/전등불 안으로 들어가려고 애쓰지 말아야지/밤에 자동차 달리는 도로 위를/무단 횡단하지 말아야지"(「하루살이」 1연) 인생의 여백과 같은 함축의 이미지가 보인다. 눈을 뜨면 자신의 아침이 아니라 타인의 아침에 서 있다는 고독감 같은 것. "가로등 불빛 아래 모여드는 무리/서로 떠나가야 할 시간이 아쉬워"(「하루살이」 2연 1~2행)에서 현재적 공간을 유지하려 하지만 자신도 하루라는 절망 앞에서는 자유롭지 못함을 보이고 있다. "출생과 죽음 사이에서"(「하루살이」 2연 6행) "단, 하루만을 선택받은 삶을 위해/치열하게 날개를 젖고 있네"(「하루살이」 3연)에서 보듯이 어쩔 수 없는 인간의 나약한 현실 앞에 시선의 처연함을 읽을 수 있는 자기인식의 발로로 보인다.

Ⅴ. 회상공간으로서 고향의식

베르그송은 기억에 대한 심리 현상을(空間의 美學, 민음사 1991, p215) 세 가지로 보았는데 첫째 순수기억, 둘째 이미지로서의 기억 셋째 지각으로 나누었다. 순수기억은 "기억이 무의식 가운데 잠재적으로 머물러 있는 것이고, 이미지로서의 기억은 상상력을 통해서 의식으로 떠오른 기억"인데 '우리들의 삶이 체험한 것은 남김없이 순수기억으로써 무의식 속에 저장된다고 했다. 허가은 시에서도 이러한 현상을 엿볼 수 있다. 그의 시에는 회상공간으로서 고향의식의 가장 중요한 요소는 자연 공간으로써 이미지가 선명하게 나타나고 있다는 것이다.

> 바르게 길어가라고 한다
> 오늘도 언덕길 지나 꽃길을 걸어서
> 당신 앞에 서 있다
>
> 나를 업고 들과 개울물 건너
> 좁은 길지나 언덕길 오르시던
> 당신의 등
>
> 하루하루 부서져 내리는
> 한 줌의 모래로
> 흩어질까 두렵다
>
> ―「등」 전문

허 시인이 태어나고 자란 곳은 강원도 홍천이다. 지금도 그곳에는 화자를 어부바로 키운 어머니가 생존해 계신다. 평화로운 유년기를 보냈던 그에게 있어 고향은 지상의 낙원과도 같았을 것이다. 언덕길, 꽃길, 들녘, 개울물 등 모두가 고향에서만 만날 수 있는 모습이다. "나를 업고 들과 개울물 건너/좁은 길지나 언덕길 오르시던/당신의 등"(「등」 2연) 시인의 회상은 유년기의 체험들이기에 더욱 순수한 자연 배경이 이미지와 함께 순수기억이 지각으로 나타난다. "하루하루 부서져 내리는/한 줌의 모래로/흩어질까 두렵다"(「등」 3연) 이러한 화자의 애틋함 속에는 삶과 죽음의 비탈에서 서로를 끈끈하게 당기고 보듬는 「등」의 안부를 염려하고 있다. 여기서 시인은 유년기때 내면에 각인 되어있는 어머니의 생각에 자신의 오늘을 묻고 있는지도 모른다.

시린 물소리
마른 풀잎 따라
먼 길 떠나려고
관절이 서걱거리는 풀잎들

감나무 끝에 매달린
투명한 햇살이
노을의 꼬리를 물고 있다

— 「가을」 전문

위 시에서도 마찬가지로 고향의 회상공간은 주거공간보다는 자연 공간에 대한 회상으로 나타나 있음을 읽을 수 있다. 대부

분의 회상은 유년의 기억들이기 때문에 이 시의 제목이 비록「가을」이지만 실제의 관심은 계절의 도착점에서 만나는 <길>이다. "먼 길 떠나려고/관절이 서걱거리는 풀잎들"(「등」2연) 떠나는 가을은 흡사 어머니의 가을과도 같다. 그래서 "관절이 서걱거린"다고 했던가? 이 표현은 살아있는 생명현상을 비유한 환유로 시 쓰기의 절창 구절이다.

길은 누구에게나 떠남과 돌아옴을 가능하게 해주는 지리적 공간이기에 허가은에게 있어 고향은 새로운 길을 모색하기 위한 길인지도 모른다. 그래서 '투명한 햇살이 꼬리를 물고 있다'는 인식의 지향성이 허가은 시인이 가고자 하는 그 길이 아닐까 생각해 본다. 가을이 가고 겨울 강을 건너면 죽은 씨앗이 생명을 키우는 봄이 오듯, 삶의 순환으로 들어가야 하는 부담과 고통을 역설적으로 묘사하고 있다.

어스름한 노을이 강을 건넌다
풀씨 타는 내음이 코끝을 스치니
먼 산은 하늘과 맞닿아 선홍색이다

빈 들녘
어둠을 물고 있는 산자락에
노을 꼬리 걸치니
강둑은 그리움으로 물들고

아궁이에 불 지피시던
어머니의 모습이

아직도 강을 건너고 있다

—「해 질 무렵」 전문

위 작품에서 보듯이 화자는 어느 한적한 농촌의 가을 해 질 무렵의 빈 들녘에서 어둠을 물고 있는 산자락을 바라보며 유년 시절 삶의 근거지였던 고향 집에서 아궁이에 불 지피시던 어머니의 모습을 떠올려본다. 화자는 아직도 어머니의 바람벽에 기대고 싶은 그리움에 강둑을 거닐고 있다. 아직도 강을 건너고 있는 어머니의 모습에서 고향을 이루고 있던 그 많은 것들이 이제 모두 소멸하려는 해 질 무렵은 시인의 내면적 변화를 가져오는 인식의 전환 같은 느낌을 깨닫게 한다.

이 외에도 「바람의 노래」, 「섬」, 「격리」를 통해 허가은의 시 세계에 잠시나마 머물 수 있어 좋았다.

VI. 나가면서

시는 철학적, 논리적일 필요는 없다. 다만, 가장 쉬운 언어로 질서 있게 독자들이 읽어서 감동을 일으킬 수 있는 언어라면 더욱 좋겠다. 다시 말해서 시는 즐거움과 변별력을 주는 그 나름의 질서를 가지고 있다. 시의 말씨는 산문과 달라서 설명적이거나 묘사적이 아니라 압축과 미학에 따라야 한다. 시적 형상화가 이루어져야 하며, 그래야 언어의 탄력감과 긴축미 같은 별미를 맛볼 수 있는 것이다.

허가은 시인이 듣고 보는 자연과 생명의 소리는 참 맑고 깨끗하다. 그것은 가치 없는 인간처럼 다른 욕심이나 물질의 부귀와 영화를 바라지 않는다. 다만 살아 있음을 즐기고 존재 자체를 노래할 뿐이다. 자연스러움 그 소리를 듣는 마음은 자신이 동경했던 소리이며 그리움의 아름다운 마음일 것이다. 또한 시를 써야 하는 공간에서 가장 순수한 자아와 대면의 자세를 보이기도 하지만 그의 시에 나타난 길항의식은 새로운 길에 대한 도전이며 삶의 가치를 향한 갈망의 눈빛은 사색의 길을 탐색하는 애상적 이미지로 보인다.

그가 시인의 말에서 언급했듯이 채우려고 해도 채워지지 않는 것이 내 속에서 살고 있다는 말, 이 말은 내면에 잠재된 인식으로 쓰고자 하는 고독한 열망이며, 무성한 숲에서 찾아 헤매던 그 길을 이제 찾았으니 그 길을 가고 싶다, 는 말은 결국 새로운 시를 써야 한다는 것이며 새로운 삶을 산다는 것과 동일하다는 것을 깨닫게 되었다는 시인의 새로운 삶 새로운 길 찾기로 받아들이고 싶다.

두 번째 시집 출간을 진심으로 축하드리며 좋은 시인으로 다음 시집을 기대해 본다.

그 길을 가고 싶다

초판 1쇄 인쇄일	│ 2023년 10월 20일
초판 1쇄 발행일	│ 2023년 10월 31일

지은이	│ 허가은
발행처	│ (재)당진문화재단
	충청남도 당진시 무수동 2길 25-2
	Tel 041-350-2911 Fax 041.352.6896
	https://www.dangjinart.kr/

펴낸이	│ 한선희
편집/디자인	│ 정구형 이보은
마케팅	│ 정찬용 정진이
영업관리	│ 한선희 김형철
책임편집	│ 이보은
인쇄처	│ 으뜸사
펴낸곳	│ 국학자료원 새미 (주)
	등록일 2005 03 15 제25100 · 2005 · 000008호
	경기도 고양시 덕양구 권율대로 656 원흥동 클래시아 더 퍼스트 1519,1520호
	Tel 442 · 4623 Fax 6499 · 3082
	www.kookhak.co.kr
	kookhak2010@hanmail.net
ISBN	│ 979-11-6797-133-3 *03810
가격	│ 10,000원